DEN SVARTE MANNEN

Den Svarte mannen

ALDIVAN TORRES
Emily Cravalho

aldivan teixeira torres

CONTENTS

1- 1

1

" Den Svarte mannen"
Aldivan Torres
Emily Andrade Cravalho
Den Svarte mannen

Av: Aldivan Torres
 Emily Andrade Cravalho
2020- Emily Andrade Cravalho
Alle rettigheter forbeholdes

Denne boka, inkludert alle dens deler, er underlagt copyright og kan ikke reproduseres uten tillatelse fra forfatteren, videresolgt eller overført.

Aldivan Teixeira Torres, født i Brasil, er litterær kunstner. Løfter med sine skrifter å glede publikum og lede ham til gleden av glede. Tross alt er sex en av de beste tingene som finnes.

Dedikasjon og takk

Jeg tilegner denne erotiske serien til alle sex elskere og perverse som meg. Jeg håper å oppfylle forventningene til alle vanvittige sinn. Jeg starter dette arbeidet her med overbevisningen om at Amelinha, Belinha og deres venner vil lage historie. Uten videre, en varm klem til leserne mine.

God lesing og mye moro.

Med hengivenhet, forfatteren.

Presentasjon

Amelinha og Belinha er to søstre født og oppvokst i det indre av Pernambuco. Døtre til gårds fedre visste tidlig hvordan de skulle møte de voldsomme vanskelighetene i livet i landet med et smil om munnen. Med dette nådde de sine personlige erobringer. Den første er en offentlig finans revisor og den andre, mindre intelligent, er en kommunal lærer i grunnutdanning i Arcoverde.

Selv om de er lykkelige profesjonelt, har de to et alvorlig kronisk problem med forhold fordi de aldri fant prinsen sjarmerende, som er enhver kvinnes drøm. Den eldste, Belinha, kom til å bo hos en mann en stund. Imidlertid ble det forrådt det som genererte i det lille hjertet uopprettelige traumer. Hun ble tvunget til å skille seg og lovet seg selv aldri å lide igjen på grunn av en mann. Amelinha, stakkars, hun kan ikke engang forlovede seg. Hvem vil gifte seg med Amelinha? Hun er en frekk brunette, tynn, middels høyde, honning fargede øyne, middels rumpe, bryster som vannmelon, bryst definert utover et fengende smil. Ingen vet hva hennes virkelige problemet er, eller rettere begge deler.

I forhold til deres mellommenneskelige forhold er de veldig nær å dele hemmeligheter mellom dem. Siden Belinha ble forrådt av en skurk, tok Amelinha sårene til søsteren og satte seg også på å leke med menn. De to ble en dynamisk duo kjent som " Perverterte søstre ". Til tross for det elsker menn å være lekene sine. Dette er fordi det ikke er nye bedre enn å elske Belinha og Amelinha selv et øyeblikk. Skal vi bli kjent med historiene deres sammen?

Den svarte mannen

Amelinha og Belinha, så vel som gode fagfolk og elskere, er vakre og rike kvinner integrert i sosiale nettverk. I tillegg til selve seget søker de også å få venner.

En gang kom en mann inn i den virtuelle Chatten. Kallenavnet hans var "Svart mann". I dette øyeblikket skalv hun snart fordi hun elsket svarte menn. Legenden forteller at de har en ubestridt sjarm.

- Hei, vakker! - Du ringte den velsignede svarte mannen.
- Hei, ok? - Svarte den spennende Belinha.
- Alt bra. Ha en god natt!
- God natt. Jeg elsker svarte mennesker!
- Dette har rørt meg dypt nå! Men er det en spesiell grunn til dette? Hva heter du?
- Årsaken er søsteren min og jeg liker menn, hvis du vet hva jeg mener. Så langt navnet går, selv om dette er et veldig privat miljø, har jeg ingenting å skjule. Jeg heter Belinha. Hyggelig å møte deg.
- Gleden er på min side. Jeg heter Flavius, og jeg er veldig hyggelig!
- Jeg følte fasthet i hans ord. Du mener at intuisjonen min har rett?
- Jeg kan ikke svare på det nå, for det ville ende hele mysteriet. Hva heter søsteren din?
- Hun heter Amelinha.
- Amelinha! Nydelig navn! Kan du beskrive deg fysisk?
- Jeg er blond, høy, sterk, langt hår, stor rumpe, mellomstore bryster, og jeg har en skulpturell kropp. Og du?
- Svart farge, en meter og åtti centimeter høy, sterk, flekkete, armer og ben tykk, pent, synge hår og definerte ansikter.
- Au! Au! Du slår meg på!

- Ikke bekymre deg for det. Hvem kjenner meg, glemmer aldri.
- Vil du gjøre meg gal nå?
- Beklager det, baby! Det er bare for å gi litt sjarm til samtalen vår.
- Hvor gammel er du?
- Tjuefem år og din?
- Jeg er trettiåtte år gammel og søsteren min trettifire. Til tross for aldersforskjellen er vi veldig nærme. I barndommen forente vi oss for å overvinne vanskeligheter. Da vi var tenåringer, delte vi våre drømmer. Og nå, i voksen alder, deler vi våre prestasjoner og frustrasjoner. Jeg kan ikke leve uten henne.
- Flott! Denne følelsen din er veldig vakker. Jeg får lyst til å møte dere begge. Er hun så slem som deg?
- På en god måte er hun best på det hun gjør. Veldig smart, vakker og høflig. Min fordel er at jeg er smartere.
- Men jeg ser ikke nye problem i dette. Jeg liker begge.
- Liker du det? Du vet, Amelinha er en spesiell kvinne. Ikke fordi hun er søsteren min, men fordi hun har et gigantisk hjerte. Jeg synes litt synd på henne fordi hun aldri fikk en brudgom. Jeg vet at drømmen hennes er å gifte seg. Hun ble med meg i et opprør fordi jeg ble forrådt av min følgesvenn. Siden da søker vi bare raske forhold.
- Jeg forstår det helt. Jeg er også en pervers. Imidlertid har jeg ingen spesiell grunn. Jeg vil bare glede meg over ungdommen min. Du virker som flotte mennesker.
- Tusen takk. Er du virkelig fra Arcoverde?
- Jeg er fra sentrum. Og du?
- Fra Håp - området.
- Flott. Bor du alene?
- Ja. I nærheten av busstasjonen.
- Kan du få besøk av en mann i dag?

- Det vil vi gjerne. Men du må håndtere begge deler. Greit?
- Ikke bekymre deg, kjærlighet. Jeg kan takle opptil tre.
- Å ja! Ekte!
- Jeg er der straks. kan du forklare plasseringen?
- Ja. Det vil være min glede.
- Jeg vet hvor det er. Jeg kommer opp dit!

Den svarte mannen forlot rommet og Belinha også. Hun benyttet seg av det og flyttet til kjøkkenet der hun møtte søsteren. Amelinha vasket skitne retter til middag.

- God natt til deg, Amelinha. Du vil ikke tro. Gjett hvem som kommer bort?
- Jeg aner ikke, søster. WHO?
- Flavius en. Jeg møtte ham i det virtuelle chatterommet. Han blir underholdningen vår i dag.
- Hvordan ser han ut?
- Det er Svart mann. Tenkte du at det kunne være fint? Den stakkars mannen vet ikke hva vi er i stand til!
- Det er det virkelig, søster! La oss avslutte ham.
- Han vil falle, med meg! - Sa Belinha.
- Nei! Det vil være med meg - Svarte Amelinha.
- En ting er sikkert: Med en av oss vil han falle - konkluderte Belinha.
- Det er sant! Hva med at vi gjør alt klart på soverommet?
- God idé. Jeg hjelper deg!

De to umettelige dukkene gikk til rommet og lot alt være organisert for hannens ankomst. Så snart de er ferdige, hører de klokken ringer.

- Er det ham, søster? - spurte Amelinha.
- La oss sjekke det ut sammen! - Han inviterte Belinha.
- Kom igjen! Amelinha var enig.

Steg for steg passerte de to kvinnene døren til soverommet, passerte spisestuen og ankom deretter stuen. De gikk

til døren. Når de åpner den, møter de Flavius sjarmerende og mandige smil.
- God natt! Greit? Jeg er Flavius.
- God natt. Du er hjertelig velkommen. Jeg er Belinha som snakket med deg på datamaskinen, og denne søte jenta ved siden av meg er søsteren min.
- Hyggelig å møte deg, Flavius! - sa Amelinha.
- Hyggelig å møte deg. Kan jeg komme inn?
- Sikker! - De to kvinnene svarte samtidig.

Hingsten hadde tilgang til rommet ved å observere alle detaljer i innredningen. Hva skjedde i det kokende sinnet? Han ble spesielt rørt av hvert av de kvinnelige eksemplarene. Etter et kort øyeblikk så han dypt inn i øynene til de to horene som sa:
- Er du klar for det jeg har kommet for å gjøre?
- Klar-bekreftede elskere!

Trio en stoppet hardt og gikk langt til det større rommet i huset. Ved å lukke døren var de sikre på at himmelen ville gå til helvete i løpet av sekunder. Alt var perfekt: Arrangementet av håndklærne, sex leketøyene, pornofilmen som spilte TV på taket og den romantiske musikken levende. Ingenting kunne ta bort gleden av en flott kveld.

Det første trinnet er å sitte ved sengen. Den svarte mannen begynte å ta av seg klærne til de to kvinnene. Deres lyst og tørst etter sex var så stor at de forårsaket litt angst hos de søte damene. Han tok av seg skjorten som viste Thora og underliv godt utarbeidet av den daglige treningen på treningsstudio et. Ditt gjennomsnittlige hår over hele denne regionen har sukket sukk fra jentene. Etterpå tok han av seg buksene, slik at utsikten over Underbukser hans viste volum og maskulinitet. På dette tidspunktet lot han dem berøre orgelet, hva gjorde det mer vertikalt. Uten hemmeligheter kastet han undertøyet og viste alt Gud ga ham.

Han var tjueto centimeter lang, fjorten centimeter i diameter nok til å gjøre dem galne. Uten å kaste bort tid falt de på ham. De startet med forspillet. Mens den ene svelget kuk i munnen hennes, slikket den andre skrot posene. I denne operasjonen har det gått tre minutter. Lang nok til å være helt klar for sex.

Så begynte han å trenge inn i den ene og deretter inn i den andre uten preferanse. Det hyppige tempo et på skyttel bussen forårsaket stønn, skrik og flere orgasmer etter handlingen. Det var tretti minutter med vaginal sex. Hver halvdel av tiden. Så avsluttet de med oral og anal sex.

Brannen

Det var en kald, mørk og regnfull natt i hovedstaden i alle bakveg vedene i Pernambuco. Det var øyeblikk da frontvinduene nådde 100 kilometer i timen og skremte de stakkars søstrene Amelinha og Belinha. De to perverse søstrene møttes i stuen til sin enkle bolig i Håp - området. Med ingenting å gjøre snakket vi de lykkelig om generelle ting.

- Amelinha, hvordan var dagen din på gårds kontoret?
- Den samme gamle tingen: Jeg organiserte skatte - og tolladministrasjonens skatteplanlegging, klarte å betale skatter, jobbet i forebygging og bekjempelse av skatteunndragelse. Det er hardt arbeid og kjedelig. Men givende og godt betalt. Og du? Hvordan var rutinen din på skolen? - spurte Amelinha.
- I timen passerte jeg innholdet som veiledet studentene på en best mulig måte. Jeg rettet feilene og tok to mobiltelefoner til studenter som forstyrret klassen. Jeg ga også kurs i atferd, holdning, dynamikk og nyttige råd. Uansett, foruten å være lærer, er jeg moren deres. Bevis på dette er at jeg i pausen infiltrerte elevenes klasse, og sammen med dem spilte vi humle. Etter mitt syn er skolen vårt andre hjem, og vi må

passe på vennskap og menneskelige forbindelser som vi har fra det - svarte Belinha.
- Strålende, lillesøsteren min. Våre verk er flotte fordi de gir viktige emosjonelle og interaksjons konstruksjoner mellom mennesker. Ingen mennesker kan leve isolert, enn si uten psykologiske og økonomiske ressurser - analysert Amelinha.
- Jeg er enig. Arbeid er viktig for oss, ettersom det gjør oss uavhengige av det rådende sexistiske imperiet i samfunnet vårt, sa Belinha.
- Nøyaktig. Vi vil fortsette i våre verdier og holdninger. Mennesket er bare bra i sengen - observerte Amelinha.
- Apropos menn, hva synes du om Christian? - spurte Belinha.
- Han levde opp til mine forventninger. Etter en slik opplevelse ber instinktene og tankene mine alltid om mer genererende intern misnøye. Hva er din mening? - spurte Amelinha.
- Det var bra, men jeg føler meg også som deg: ufullstendig. Jeg er tørr av kjærlighet og sex. Jeg vil ha mer og mer. Hva har vi for i dag? - Sa Belinha.
- Jeg er tom for ideer. Natten er kald, mørk og mørk. Hører du støy ute? Det er mye regn, sterk vind, lyn og torden. Jeg er redd! - Sa Amelinha.
- Jeg også! - Belinha tilsto.

I dette øyeblikket høres en tordnende torden bolt i hele Arcoverde. Amelinha hopper i fanget på Belinha som skriker av smerte og fortvilelse. Samtidig mangler strøm, hva gjør dem desperate.
- Hva nå? Hva skal vi gjøre Belinha? - spurte Amelinha.
- Gå av meg, tispe! Jeg henter lysene! - Sa Belinha. Belinha dyttet søsteren forsiktig til siden av sofaen mens hun famlet veggene for å komme til kjøkkenet. Siden huset er relativt lite, tar det ikke lang tid å fullføre denne operasjonen.

Ved hjelp av takt tar han lysene i skapet og tenner dem med fyrstikkene strategisk plassert på toppen av ovnen.

Med stearinlyset kommer hun rolig tilbake til rommet der han møter søsteren med et mystisk smil vidåpent i ansiktet. Hva gjorde hun?

- Du kan lufte, søster! Jeg vet at du tenker noe - Sa Belinha.

- Hva om vi ringte byens brannvesen for å varsle om brann? Sa Amelinha.

- La meg se om jeg har skjønt dette riktig. Vil du finne på en fiktiv ild for å lokke disse mennene? Hva om vi blir arrestert? - Belinha var redd.

- Min kollega! Jeg er sikker på at de vil elske overraskelsen. Hva bedre må de gjøre på en mørk og kjedelig natt som denne? - sa Amelinha.

- Du har rett. De vil takke deg for moroa. Vi vil bryte ilden som fortærer oss fra innsiden. Nå kommer spørsmålet: Hvem vil ha mot til å ringe dem? spurte Belinha.

- Jeg er veldig sjenert. Jeg overlater denne oppgaven til deg, min søster - Said Amelinha.

- Alltid meg. Greit. Uansett hva som skjer - konkluderte Belinha.

Å reise seg fra sofa en, går Belinha til bordet i hjørnet der mobilen er installert. Hun ringer brannvesenets nødnummer og venter på å bli besvart. Etter noen få berøringer hører han en dyp, fast stemme snakke fra den andre siden.

- God natt. Dette er brannvesenet. Hva vil du?

- Jeg heter Belinha. Jeg bor i Håp-området her i Arcoverde. Min søster og jeg er fortvilet over alt dette regnet. Da strømmen gikk ut her i huset, forårsaket kortslutning og begynte å sette gjenstandene i brann. Heldigvis gikk søsteren min og jeg ut. Brannen fortærer sakte huset. Vi trenger hjelp fra brannmannskapene - sa den ulykkelige jenta.

- Ta det med ro, vennen min. Vi er der snart. Kan du gi detaljert informasjon om posisjonen din? - spurte brannmannen på vakt.
- Huset mitt ligger nøyaktig på Sentral aveny, tredje hus til høyre. Er det greit med dere?
- Jeg vet hvor det er. Vi er der om noen minutter. Være rolig - Sa brannmannen.
- Vi venter. Takk skal du ha! - Takk Belinha.

Da de kom tilbake til sofa en med et bredt glis, slapp de to av putene sine og fnyste av moroa de gjorde. Dette anbefales imidlertid ikke å gjøre med mindre de var to hore som dem.

Omtrent ti minutter senere hørte de et bank på døren og gikk for å svare på det. Da de åpnet døren, møtte de tre magiske ansikter, hver med sin karakteristiske skjønnhet. Den ene var svart, seks meter høy, bena og armene middels. En annen var mørk, en meter og nitti høy, muskuløs og skulpturell. En tredjedel var hvit, kort, tynn, men veldig glad. Den hvite gutten vil presentere seg:

- Hei, damer, god natt! Jeg heter Roberto. Denne mannen ved siden av heter Matthew og den brune mannen, Philip. Hva heter du og hvor er brannen?
- Jeg er Belinha, jeg snakket med deg på telefon. Denne brunetten her er søsteren min Amelinha. Kom inn så skal jeg forklare det for deg.
- Ok - De tok imot de tre brannmennene samtidig.

Kvintetten kom inn i huset og alt virket normalt fordi strømmen hadde kommet tilbake. De legger seg på sofa en i stuen sammen med jentene. Mistenkelig, de lager samtaler.

- Brannen er over, er det? - spurte Matthew.
- Ja. Vi kontrollerer det allerede takket være en stor innsats - forklarte Amelinha.
- Medlidenhet! Jeg har hatt lyst til å jobbe. Der i kasernen er rutinen så ensformig, sa Felipe.

- Jeg har en idé. Hva med å jobbe på en mer behagelig måte? - Belinha foreslo.
- Du mener at du er det jeg tror? - spurte Felipe.
- Ja. Vi er enslige kvinner som elsker glede. I humør for moro skyld? spurte Belinha.
- Bare hvis du går nå - svarte svart mann.
- Jeg er også med - bekreftet den brune mannen.
- Vent på meg - Den hvite gutten er tilgjengelig.
- Så, la oss - sa jentene.

Kvintetten kom inn i rommet og delte en dobbeltseng. Så begynte sex orgien. Belinha og Amelinha byttet på å delta på gleden til de tre brannmennene. Alt virket magisk, og det var ingen bedre følelse enn å være sammen med dem. Med varierte gaver opplevde de seksuelle og posisjons variasjoner som skapte et perfekt bilde.

Jentene virket umettelige i sin seksuelle ild som gjorde de profesjonelle galne. De gikk gjennom natten og hadde sex, og gleden så ut til å aldri ta slutt. De gikk ikke før de fikk et presserende anrop fra jobben. De sluttet og gikk for å svare på politianmeldelsen. Allikevel ville de aldri glemme den fantastiske opplevelsen sammen med "Perverterte søstre".

Medisinsk konsultasjon

Det gikk opp for den vakre hovedstaden. Vanligvis våknet de to perverse søstrene tidlig. Men når de reiste seg, følte de seg ikke bra. Mens Amelinha stadig nyset, følte søsteren Belinha seg litt kvalt. Disse fakta kom sannsynligvis fra forrige natt på Virginia War Square hvor de drakk, kysset på munnen og fnyste harmonisk i den rolige natten.

Siden de ikke hadde det bra og uten styrke til noe, satt de på sofa en religiøst og tenkte på hva de skulle gjøre fordi faglige forpliktelser ventet på å bli løst.

- Hva gjør vi, søster? Jeg er helt andpusten og utmattet - Sa Belinha.
- Fortell meg om det! Jeg har hodepine og begynner å få virus. Vi er fortapt! - Sa Amelinha.
- Men jeg tror ikke det er en grunn til å savne jobben! Folk er avhengige av oss! - Sa Belinha
- Ro deg ned, la oss ikke få panikk! Hva med at vi blir med på det fine? - Foreslått Amelinha.
- Ikke fortell meg at du tenker hva jeg tenker .... - Belinha ble overrasket.
- Det er riktig. La oss gå til legen sammen! Det vil være en god grunn til å savne arbeidet, og hvem vet ikke som skjer! - Sa Amelinha
- God idé! Så hva venter vi på? La oss gjøre oss klare! spurte Belinha.
- Kom igjen! - Amelinha var enig.

De to gikk til sine respektive innhegninger. De var så begeistret for avgjørelsen; de så ikke engang syke ut. Var det hele bare oppfinnelsen deres? Tilgi meg, leser, la oss ikke tenke dårlig på våre kjære venner. I stedet vil vi følge dem i dette spennende nye kapittelet i deres liv.

På soverommet badet de i suitene sine, tok på seg nye klær og sko, kjemmet det lange håret, tok på seg en fransk parfyme og gikk deretter til kjøkkenet. Der knuste de egg og ost i to brød og spiste med kjølt juice. Alt var veldig deilig. Likevel syntes de ikke å føle det fordi angsten og nervøsiteten foran legenes avtale var gigantisk.

Med alt klart forlot de kjøkkenet for å gå ut av huset. For hvert skritt de tok, banket de små hjerter av følelse stenking i en helt ny opplevelse. Velsignet være de alle! Optimisme tok tak i dem og var noe som andre skulle følge!

På utsiden av huset går de til garasjen. Åpne døren i to forsøk, de står foran den beskjedne røde bilen. Til tross for at de hadde god bismak, foretrakk de de populære enn klassikerne av frykt for den vanlige volden som er tilstede i nesten alle brasilianske regioner.

Umiddelbart går jentene inn i bilen og gir forsiktig avkjørselen, og deretter lukker en av dem garasjen og går tilbake til bilen umiddelbart etter. Hvem som kjører er Amelinha med erfaring allerede ti år. Belinha har ennå ikke lov til å kjøre.

Den veldig korte ruten mellom hjemmet og sykehuset gjøres med sikkerhet, harmoni og ro. I det øyeblikket hadde de den falske følelsen av at de kunne gjøre hva som helst. Motsettende var de redde for hans list og frihet. Selv ble de overrasket over de tiltakene som ble tatt. Det var ikke noe mindre at de ble kalt slutte god jævla!

Vel fremme på sykehuset planla de avtalen og ventet på å bli tilkalt. I dette tidsintervallet benyttet de seg av å lage en matbit og utvekslet meldinger gjennom mobil applikasjonen med sine kjære seksuelle tjenere. Mer kynisk og munter enn disse, det var umulig å være!

Etter en stund er det deres tur å bli sett. Uatskillelig går de inn på omsorgs kontoret. Når dette skjer, har legen nesten et hjerteinfarkt. Foran dem var det et sjeldent stykke av en mann: En høy blond, en meter og nitti centimeter høy, skjegget, hår som danner en hestehale, muskuløse armer og bryster, naturlige ansikter med et engleaktig utseende. Allerede før de kunne utarbeide en reaksjon, inviterer han:

- Sett deg ned, begge to!
- Takk skal du ha! - De sa begge.

De to har tid til å gjøre en rask analyse av miljøet: Foran service bordet, legen, stolen han satt i og bak et skap. På høyre side, en seng. På veggen, ekspresjonistiske malerier av forfatteren Cândido Portinari som skildrer mannen fra landsbygda. Atmosfæren er veldig koselig, slik at jentene er rolige. Atmos-

færen til avslapning brytes av det formelle aspektet ved konsultasjonen.
- Fortell meg hva du føler, jenter!

Det hørtes uformelt ut for jentene. Så søt var den blonde mannen! Det må ha vært deilig å spise.
- Hodepine, indisposisjon og virus! - Fortalte Amelinha.
- Jeg er pusten og sliten! - Han hevdet Belinha.
- Det er greit! La meg ta en titt! Legg deg på sengen! - spurte legen.

Hårene pustet knapt på denne forespørselen. Profesjonelle fikk dem til å ta av seg en del av klærne og følte dem i forskjellige deler som forårsaket frysninger og forkjølelse. Læreren innså at det ikke var noe alvorlig med dem, fleipet:
- Det hele ser perfekt ut! Hva vil du at de skal være redde for? En injeksjon i rumpa?
- Jeg elsker det! Hvis det er en stor og tykk injeksjon enda bedre! - Sa Belinha.
- Vil du søke sakte, kjærlighet? - Sa Amelinha.
- Du spør allerede for mye! - Noterte klinikeren.

Når han lukker døren forsiktig, faller han på jentene som et vilt dyr. Først tar han resten av klærne av kroppene. Dette skjerper libido hans enda mer. Ved å være helt naken beundrer han et øyeblikk de skulpturelle skapningene. Så er det hans tur å vise seg frem. Han sørger for at de tar av seg klærne. Dette øker samspillet og intimiteten mellom gruppen.

Med alt klart, begynner de forberedelsene til sex. Ved å bruke tungen i følsomme deler som anus, rumpa og øret forårsaker blondinen glede orgasmer hos begge kvinner. Alt gikk bra selv når noen fortsatte å banke på døren. Ingen vei ut, må han svare. Han går litt og åpner døren. Ved å gjøre det kommer han over vakthavende sykepleier: en slank mulatt, med tynne ben og veldig lav.

- Doktor, jeg har et spørsmål om pasientens medisiner: er det fem eller tre hundre milligram Aspirin? - spurte Roberto om å vise en oppskrift.

- Fem hundre! - Bekreftet Alex.

I dette øyeblikket så sykepleieren føttene til de nakne jentene som prøvde å gjemme seg. Lo inni.

- Tuller litt rundt, doktor? Ikke engang ring vennene dine!

- Unnskyld meg! Vil du være med i gjengen?

- Jeg ville elsket å!

- Så kom!

De to kom inn i rommet og lukket døren bak seg. Mer enn raskt tok mulatten av seg klærne. Helt naken viste han sin lange, tykke, veene mast som et trofé. Belinha var veldig fornøyd og ga ham snart oralsex. Alex krevde også at Amelinha skulle gjøre det samme med ham. Etter muntlig begynte de anal. I denne delen fant Belinha det veldig vanskelig å holde på sykepleierens monstrum. Men når det kom inn i hullet, var gleden deres enorm. På den annen side følte de ingen problemer fordi penis var normal.

Så hadde de vaginal sex i forskjellige stillinger. Bevegelsen frem og tilbake i hulrommet forårsaket hallusinasjoner i dem. Etter dette stadiet forenet de fire seg i gruppesex. Det var den beste opplevelsen de gjenværende energiene ble brukt på. Femten minutter senere var de begge utsolgt. For søstrene ville sex aldri ta slutt, men godt da de ble respektert disse menneskers svakhet. Ikke ønsker å forstyrre arbeidet deres, og slutter å ta sertifikatet for rettferdiggjørelse av arbeidet og deres personlige telefon. De dro helt sammensatt uten å vekke noen oppmerksomhet under sykehus overgangen.

Vel fremme på parkeringsplassen gikk de inn i bilen og startet veien tilbake. Lykkelige som de er, tenkte de allerede på sin neste seksuelle ondskap. De perverterte søstrene var virkelig noe!

Privat leksjon

Det var en ettermiddag som alle andre. Nykommere fra jobben, de perverse søstrene var opptatt med husarbeid. Etter å ha fullført alle oppgavene, samlet de seg i rommet for å hvile litt. Mens Amelinha leste en bok, brukte Belinha mobilt Internett for å bla gjennom favoritt nettstedene sine.

På et tidspunkt skriker det andre høyt i rommet, noe som skremmer søsteren.

- Hva er det, jente? Er du gal? - spurte Amelinha.

- Jeg nettopp åpnet nettstedet for konkurranser med en takknemlig overrasket Belinha.

- Fortell meg mer!

- Registreringer fra den føderale regionale domstolen er åpne. La oss gjøre?

- Bra samtale, søsteren min! Hva er lønnen?

- Mer enn ti tusen første dollar.

- Veldig bra! Jobben min er bedre. Imidlertid vil jeg delta i konkurransen fordi jeg forbereder meg på å lete etter andre arrangementer. Det vil tjene som et eksperiment.

- Du klarer deg veldig bra! Du oppmuntrer meg. Nå vet jeg ikke hvor jeg skal begynne. Kan du gi meg tips?

- Kjøp et virtuelt kurs, still mange spørsmål på tekstsidene, gjør og gjør om tidligere tester, skriv sammendrag, se tips og last ned blant annet godt materiale på Internett.

- Takk skal du ha! Jeg tar alle disse rådene! Men jeg trenger noe mer. Se, søster, siden vi har penger, hva med at vi betaler for en privat leksjon?

- Jeg hadde ikke tenkt på det. Det er en god ide! Har du noen forslag til en kompetent person?

- Jeg har en veldig kompetent lærer her fra Arcoverde i telefonkontaktene mine. Se på bildet hans!

Belinha ga søsteren sin mobiltelefon. Da hun så guttenes bilde, var hun i ekstase. Foruten kjekk var han smart! Det ville være et perfekt offer for at paret ble med på det nyttige til det hyggelige.

- Hva venter vi på? Gå og hent ham, søster! Vi må studere snart. - sa Amelinha.

- Du har det! - Belinha godtok.

Da hun reiste seg fra sofaen, begynte hun å slå numrene på telefonen på talltastaturet. Når samtalen er foretatt, vil det bare ta noen øyeblikk å bli besvart.

- Hallo. Går det bra med deg?

- Det hele er flott, Renato.

- Send ut ordrene.

- Jeg surfet på Internett da jeg oppdaget at søknader om den føderale regionale domstols konkurransen er åpne. Jeg kalte tankene mine umiddelbart som en respektabel lærer. Husker du skole sesongen?

- Jeg husker den tiden godt. Gode tider de som ikke kommer tilbake!

- Det er riktig! Har du tid til å gi oss en privat leksjon?

- Hva en samtale, unge dame! For deg har jeg alltid tid! Hvilken dato setter vi?

- Kan vi gjøre det i morgen klokken 14:00? Vi må komme i gang!

- Jeg gjør det selvfølgelig! Med min hjelp sier jeg ydmykt at sjansene for å passere øker utrolig.

- Jeg er sikker på det!

- Så bra! Du kan forvente meg klokken 14:00.

- Tusen takk! Sees i morgen!

- Ser deg senere!

Belinha la på telefonen og tegnet et smil til følgesvennen. Amelinha mistenkte svaret og spurte:

- Hvordan gikk det?

- Han aksepterte. I morgen klokken 14:00 er han her.
- Så bra! Nerver dreper meg!
- Bare ta det med ro, søster! Det kommer til å ordne seg.
- Amen!
- Skal vi tilberede middag? Jeg er allerede sulten!
- God husket.!

Paret gikk fra stuen til kjøkkenet der i et hyggelig miljø snakket, lekt, kokt blant andre aktiviteter. De var eksemplariske skikkelser av søstre forent av smerte og ensomhet. Det faktum at de var bastarder i sex, kvalifiserte dem bare enda mer. Som dere alle vet, har den brasilianske kvinnen varmt blod.

Like etter brodde de rundt bordet og tenkte på livet og dets omskiftelser.

- Å spise denne deilige kylling husker jeg den svarte mannen og brannmennene! Øyeblikk som aldri ser ut til å passere! - Belinha sa!
- Fortell meg om det! De karene er deilige! For ikke å snakke om sykepleieren og legen! Jeg elsket det også! - Husket Amelinha!
- Sann nok, søsteren min! Å ha en vakker mast, blir enhver mann hyggelig! Må feministene tilgi meg!
- Vi trenger ikke å være så radikale ...!

De to ler og fortsetter å spise maten på bordet. For et øyeblikk hadde ingenting annet noe å si. De så ut til å være alene i verden, og det kvalifiserte dem som gudinner for skjønnhet og kjærlighet. Fordi det viktigste er å føle seg bra og ha selvtillit.

De er trygge på seg selv og fortsetter i familie ritualet. På slutten av denne fasen surfer de på Internett, hører på musikk i stereoanlegget i stuen, ser såpeopera er og senere en pornofilm. Dette rush etterlater dem andpusten og sliten og tvinger dem til å hvile seg i sine respektive rom. De ventet spent på neste dag.

Det tar ikke lang tid før de faller i dyp søvn. Bortsett fra mareritt, foregår natt og daggry innenfor det normale området. Så snart daggry kommer, står de opp og begynner å følge den vanlige rutinen: Bad, frokost, jobb, hjem, bad, lunsj, lur og flytter til rommet der de venter på planlagt besøk.

Når de hører det banker på døren, reiser Belinha seg og svarer. Ved å gjøre det kommer han over den smilende læreren. Dette ga ham god intern tilfredshet.

-Velkommen tilbake, min venn! Klar til å lære oss?

-Ja, veldig, veldig klar! Takk igjen for denne muligheten! - Sa Renato.

-La oss gå inn! - Sa Belinha.

Gutten tenkte ikke to ganger og godtok forespørselen fra jenta. Han hilste på Amelinha og satte seg på sofaen på signalet hennes. Hans første holdning var å ta av seg den svarte strikkede blusen fordi den var for varm. Med dette etterlot han den godt bearbeidede brystplaten i treningsstudioet, svetten dryppet og det mørkhudede lyset. Alle disse detaljene var et naturlig afrodisiakum for de to "pervertere".

Later som ingenting skjedde, ble det innledet en samtale mellom de tre.

-Forberedte du en god klasse, professor? - spurte Amelinha.

-Ja! La oss starte med hvilken artikkel? - spurte Renato.

-Jeg vet ikke ... - sa Amelinha.

-Hva med at vi har det gøy først? Etter at du tok av deg skjorten, ble jeg våt! - Tilstått Belinha.

-Jeg sa også - sa Amelinha.

-Du to er virkelig sexmaniakker! Er det ikke det jeg elsker? - Sa mesteren.

Uten å vente på svar, tok han av seg de blå jeansene som viser muskulaturen i låret, solbrillene viser de blå øynene og til slutt undertøyet som viser en perfeksjon av lang penis, middels tykkelse og med trekantet hode. Det var nok for de små horene å falle på toppen og begynne å glede seg over den mandige, joviale kroppen. Med hans hjelp tok de av seg klærne og startet forberedelsene til sex.

Kort sagt, dette var et fantastisk seksuelt møte hvor de opplevde mange nye ting. Det var nesten førti minutter med vill sex i full harmoni. I disse øyeblikkene var følelsene så store at de ikke engang la merke til tid og rom. Derfor var de uendelige gjennom Guds kjærlighet.

Da de nådde ekstase, hvilte de litt på sofaen. Deretter studerte de fagene som ble konkurrert om. Som studenter var de to hjelpsomme, intelligente og disiplinerte, noe læreren la merke til. Jeg er sikker på at de var på vei til godkjenning.

Tre timer senere sluttet de med å love nye studiemøter. Lykkelige i livet gikk de perverse søstrene for å ta seg av sine andre plikter som allerede tenkte på deres neste eventyr. De var kjent i byen som " Det umettelige ".

Konkurransehest

Det har gått en stund. I omtrent to måneder dedikerte de perverse søstrene seg til konkurransen i henhold til tilgjengelig tid. Hver dag som gikk, var de mer forberedt på hva som kom og gikk. Samtidig var det seksuelle møter, og i disse øyeblikkene ble de frigjort.

Testdagen hadde endelig kommet. Da de dro tidlig fra hovedstaden i innlandet, begynte de to søstrene å gå motorveien BR 232 på en total rute på 250 km. Underveis passerte de hovedpunktene i det indre av staten: Pesqueira, Belo Jardim, São Caetano, Caruaru, Gravatá, Bezerros og Vitória de Santo Antão. Hver av disse byene hadde en historie å fortelle, og fra sin erfaring absorberte de den fullstendig. Hvor godt det var å se fjellene, Atlanterhavsskogen, gårdene, gårdene, landsbyene, småbyene og å nippe til den rene luften som kommer fra skogene. Pernambuco var en virkelig fantastisk tilstand!

Når de kommer inn i byens omkrets av hovedstaden, feirer de den gode realiseringen av reisen. Ta hovedveien til nabolaget god tur der de ville utføre testen. På vei møter de overbelastet trafikk, likegyldighet fra fremmede, forurenset luft og mangel på veiledning. Men endelig klarte de det. De går inn i den respektive bygningen, identifiserer seg og begynner testen som vil vare i to perioder. I løpet av den første delen av testen er de fullstendig fokusert på utfordringen med flervalgsspørsmål. Godt utarbeidet av banken som var ansvarlig for arrangementet, førte til de mest forskjellige utarbeidelsene av de to. Etter deres syn hadde de det bra. Da de tok pausen, gikk de ut til lunsj og en juice på en restaurant foran bygningen. Disse øyeblikkene var viktige for dem for å opprettholde tilliten, forholdet og vennskapet.

Etter det dro de tilbake til teststedet. Så begynte den andre perioden av arrangementet med problemer som omhandler andre disipliner. Selv uten å holde samme tempo, var de fremdeles veldig oppmerksomme på svarene sine. De beviste på denne måten at den beste måten å gjennomføre konkurranser på er å bruke mye på studier. En stund senere avsluttet de sin sikre deltakelse. De overleverte bevisene, kom tilbake til bilen og beveget seg mot stranden i nærheten.

På veien spilte de, skrudde på lyden, kommenterte løpet og gikk videre i gatene i Recife og så på de opplyste gatene i hovedstaden fordi det var nesten natt. De undrer seg over synet. Ikke rart at byen er kjent som "tropenes hovedstad". Solnedgangen gir miljøet et enda mer fantastisk utseende. Så hyggelig å være der i det øyeblikket!

Da de nådde det nye punktet, nærmet de seg bredden av havet for deretter å skyte ut i dets kalde og rolige vann. Følelsen provosert er ekstatisk av glede, tilfredshet, tilfredshet og fred. Når de mister tid, svømmer de til de er slitne. Etter det ligger de på stranden i stjernelys uten frykt eller bekymring. Magic tok tak i dem på en glimrende måte. Ett ord som skulle brukes i dette tilfellet var "Umålelig".

På et tidspunkt, med stranden nesten øde, er det en tilnærming av to menn av jentene. De prøver å stå opp og løpe i møte med fare. Men de blir stoppet av de sterke armene til guttene.

- Ta det med ro, jenter! Vi kommer ikke til å skade deg! Vi ber bare om litt oppmerksomhet og hengivenhet! - En av dem snakket.

Stilt overfor den myke tonen lo jentene av følelser. Hvis de ønsket sex, hvorfor ikke tilfredsstille dem? De var mestere i denne kunsten. Som svar på forventningene, reiste de seg opp og hjalp dem med å ta av seg klærne. De leverte to kondomer og laget en striptease. Det var nok til å gjøre de to mennene galne.

Når de falt til bakken elsket de hverandre parvis, og bevegelsene fikk gulvet til å riste. De tillot seg alle seksuelle variasjoner og ønsker fra begge. På dette leveringstidspunktet brydde de seg ikke om noe eller noen. For dem var de alene i universet i et stort kjærlighetsritual uten fordommer. I sex var de helt sammenflettet og produserte en kraft som aldri har blitt sett. Som instrumenter var de en del av en større kraft i livets fortsettelse.

Bare utmattelse tvinger dem til å stoppe. Fullt fornøyde slutter mennene og går bort. Jentene bestemmer seg for å gå tilbake til bilen. De begynner reisen tilbake til boligen sin. Helt bra, de tok med seg sine erfaringer og forventet gode nyheter om konkurransen de deltok i. De fortjente absolutt verdens lykke.

Tre timer senere kom de hjem i fred. De takker Gud for velsignelsene som blir gitt ved å sove. Den andre dagen ventet jeg på flere følelser for de to galningene.

Retur til læreren

Soloppgang. Solen stiger tidlig med strålene som passerer gjennom vindussprekkene og skal kjærtegne ansiktene til våre kjære babyer. I tillegg bidro den fine morgenbrisen til å skape stemning i dem. Hvor hyggelig det var å få muligheten til en annen dag med fars velsignelse. Sakte reiser de seg opp fra sine respektive senger nesten samtidig. Etter bading finner møtet deres sted i kalesjen der de tilbereder frokost sammen. Det er et øyeblikk av glede, forventning og distraksjon som deler erfaringer på utrolig fantastiske tider.

Etter at frokosten er klar, samles de komfortabelt rundt bordet på trestoler med ryggstøtte for søylen. Mens de spiser, utveksler de intime erfaringer.

Belinha
Min søster, hva var det?
Amelinha
Ren følelse! Jeg husker fremdeles alle detaljer i kroppene til de kjære drittsekk!
Belinha
Jeg også! Jeg følte en stor glede. Det var nesten ekstrasensorisk.
Amelinha
Jeg vet! La oss gjøre disse sprø tingene oftere!
Belinha
Jeg er enig!
Amelinha

Likte du testen?
Belinha
Jeg elsket det. Jeg er ute etter å sjekke prestasjonene mine!
Amelinha
Jeg også!

Så snart de var ferdig matet, hentet jentene mobiltelefonene sine ved å få tilgang til det mobile internett. De navigerte til organisasjonens side for å sjekke tilbakemeldingen fra beviset. De skrev det ned på papir og gikk til rommet for å sjekke svarene.

Inni hoppet de av glede da de så den gode tonen. De hadde gått! Følelsen som føltes kunne ikke holdes inne akkurat nå. Etter å ha feiret mye, har han den beste ideen: Inviter mester Renato slik at de kan feire suksessen til oppdraget. Belinha er igjen ansvarlig for oppdraget. Hun tar telefonen og ringer.

Belinha
Hallo?
Renato
Hei går det bra med deg? Hvordan har du det, søte Belle?
Belinha
Veldig bra! Gjett hva som nettopp skjedde.
Renato
Ikke fortell meg deg ....
Belinha
Ja! Vi besto konkurransen!
Renato
Mine gratulasjoner! Sa jeg ikke det?
Belinha
Jeg vil takke deg veldig mye for samarbeidet på alle måter. Du forstår meg, ikke sant?
Renato
Jeg skjønner. Vi må sette opp noe. Gjerne hjemme hos deg.

Belinha
Det var nettopp derfor jeg ringte. Kan vi gjøre det i dag?
Renato
Ja! Jeg kan gjøre det i kveld.
Belinha
Lure på. Vi forventer deg da klokka åtte om natten.
Renato
Greit. Kan jeg ta med broren min?
Belinha
Selvfølgelig!
Renato
Ser deg senere!
Belinha
Ser deg senere!

Forbindelsen avsluttes. Ser på søsteren hennes, slipper Belinha latter av lykke. Nysgjerrig, spør den andre:
Amelinha
Hva så? Kommer han?
Belinha
Det er greit! Klokken åtte i kveld blir vi gjenforent. Han og broren hans kommer! Har du tenkt på seksuell orgie?
Amelinha
Fortell meg om det! Jeg banker allerede av følelser!
Belinha
La det være hjerte! Jeg håper det ordner seg!
Amelinha
-Det hele har ordnet seg!

De to ler samtidig og fyller miljøet med positive vibrasjoner. I det øyeblikket var jeg ikke i tvil om at skjebnen konspirerte for en morsom natt for den galne duoen. De hadde allerede oppnådd så mange etapper sammen at de ikke ville svekkes nå. De bør derfor fortsette å avkode menn som et seksuelt spill og deretter forkaste dem. Det var det minste rase kunne gjøre for å betale for lidelsen. Faktisk fortjener ingen kvinne å lide. Eller rettere sagt, nesten hver kvinne fortjener ingen smerte.

På tide å komme på jobb. Når de forlater rommet allerede klare, går de to søstrene til garasjen der de drar i sin private bil. Amelinha tar Belinha først på skolen og drar deretter til gårdskontoret. Der utstråler hun glede og forteller de profesjonelle nyhetene. For godkjenning av konkurransen mottar han alle gratulasjoner. Det samme skjer med Belinha.

Senere kommer de hjem og møtes igjen. Så begynner forberedelsene til å ta imot kollegene. Dagen lovet å bli enda mer spesiell.

Akkurat til planlagt tid hører de banker på døra. Belinha, den smarteste av dem, reiser seg og svarer. Med faste og trygge trinn setter han seg inn døren og åpner den sakte. Etter at denne operasjonen er fullført, visualiserer han brødreparet. Med signal fra vertinnen kommer de inn og legger seg på sofaen i stuen.

Renato
Dette er min bror. Han heter Ricardo.
Belinha
Hyggelig å møte deg, Ricardo.
Amelinha
Du er velkommen hit!
Ricardo
Jeg takker dere begge. Gleden er på min side!
Renato
Jeg er klar! Kan vi bare gå til rommet?
Belinha
Kom igjen!
Amelinha
Hvem får hvem nå?
Renato

Jeg velger Belinha selv.

Belinha

Takk, Renato, takk! Vi er sammen!

Ricardo

Jeg blir gjerne hos Amelinha!

Amelinha

Du skal skjelve!

Ricardo

Vi får se!

Belinha

La så festen begynne!

Mennene plasserte kvinnene forsiktig på armen og bar dem opp til sengene på soverommet til en av dem. Frem til stedet tar de av seg klærne og faller i de vakre møblene som starter ritualet med kjærlighet i flere stillinger, utveksler kjærtegn og medvirkning. Spenningen og gleden var så stor at stønnene som ble produsert, ble hørt over gaten og skandaliserte naboene. Jeg mener ikke så mye fordi de allerede visste om berømmelsen.

Med konklusjonen fra toppen kommer elskere tilbake til kjøkkenet der de drikker juice med kaker. Mens de spiser, prater de i to timer, og øker gruppens interaksjon. Hvor godt det var å være der og lære om livet og hvordan være lykkelig. Tilfredshet er å ha det bra med deg selv og med at verden bekrefter sine erfaringer og verdier før andre bærer vissheten om ikke å kunne bli dømt av andre. Derfor var det maksimale de trodde "Hver og en er sin egen person".

Om natten tar de endelig farvel. De besøkende forlater "Kjære Pyreneene" enda mer euforiske når de tenker på nye situasjoner. Verden snudde bare mot de to fortrolige. Måtte de være heldige!

Slutt

www.ingramcontent.com/pod-product-compliance
Lightning Source LLC
LaVergne TN
LVHW020453080526
838202LV00055B/5437